Rifili chez Néfertiti

C'est toi le détective !

Une collection dirigée par Cédric Ramadier

Retrouvez aussi :

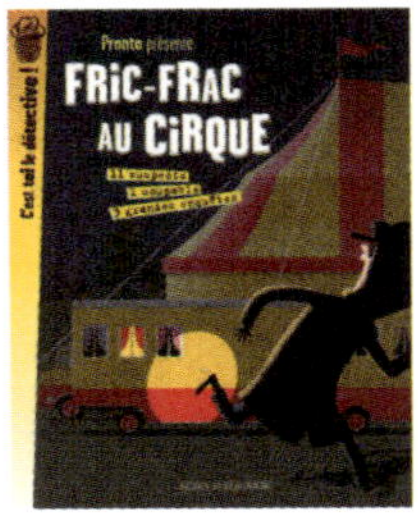

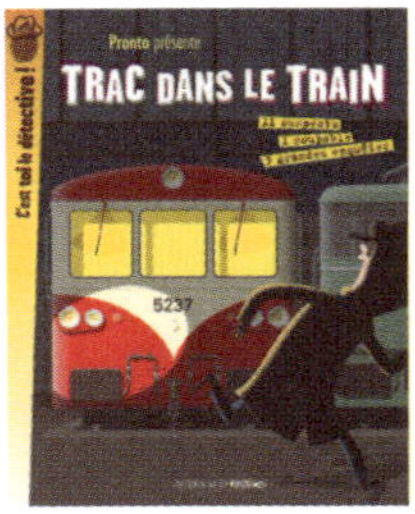

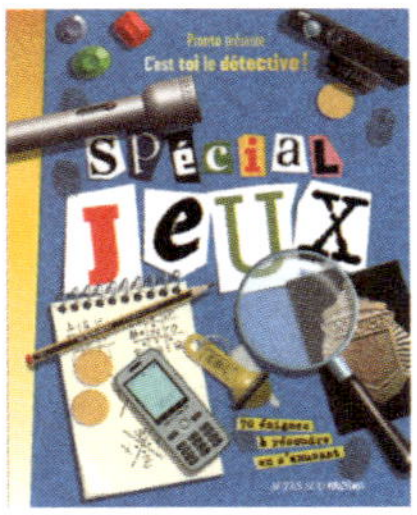

Aux artistes égyptiens que l'ordinateur ne réussira jamais à égaler.

www.actes-sud-junior.fr

ISBN 978-2-330-03295-1

Loi 49-956 du 16 juillet 1949
sur les publications destinées à la jeunesse

Rififi chez Néfertiti

3 grandes enquêtes

écrites et dessinées

par **Pronto**

ACTES SUD JUNIOR

INSTAMATOC 140
CAMERA
Prontak
MADE IN PIPO REPUBLIK

LE R

FRASQUES SUR LA FRESQUE !

Alors qu'il s'apprêtait à fermer les portes du monument, le gardien du temple de Koudussor a découvert la magnifique fresque de la grande salle saccagée par un vandale. Les méfaits ont certainement eu lieu juste avant la fermeture car, lors de sa dernière ronde de surveillance, les peintures étaient encore intactes. Les lieux du délit ont été passés au peigne fin, ce qui a permis de récolter les nombreux indices laissés derrière lui par le coupable. D'après les premiers éléments de l'enquête, il se cachait sans aucun doute parmi le dernier groupe de touristes ayant visité le temple. Espérons qu'il soit rapidement démasqué pour comprendre ce qui a pu pousser ce sinistre individu à vandaliser ainsi une œuvre vieille de 2500 ans.

**Un lou
chèvr
bent a
l'un d**

**Un loup
seraient
ment in
qu'ils par
leur zoo.**
Les gardi
d'Appèle
depuis
scène t
effet, u
d'une c
rait plu
ler à la
gne
mom
Un e
mati
vre
lou
fer
hu
ch
m
sc
Il
le

Photo de reconstitution
TEMPLE DE
KOUDUSSOR

Hillary Varien
30 ans
1,63 m
Étudiante
12, impasse Surlachimie
Lille
1
Otto Raipadus
45 ans
1,79 m
Maçon
10, rue Dufil-Haplon
Chaumont
2
Mathieu Kilféchot
41 ans
1,72 m
Boulanger
11, rue de l'Ami-Hette
Rouen
3
Dick Sionaire
38 ans
1,82 m
Militaire
33, rue du Général-Lebol
Nice
4
Perrine Delièvre
44 ans
1,66 m
Infirmière
3, rue Ambre-Hulance
Issoudun
5
Helmut Tardelpik
46 ans
1,71 m
Routier
9, rue du Père-Mipoilour
Poitiers
6

Hans Hansunik
39 ans
1,68 m
Artiste peintre
12, rue du Pic-Hasso
Antibes
7
Jean-Loup Pepahune
57 ans
1,69 m
Retraité
15, rue Alain-Kontinant
Sommières
8
Guy Chéfermé
48 ans
1,81 m
Jardinier
19, rue Tabagas
Dijon
9
Sarah Fréchit
47 ans
1,73 m
Institutrice
7, rue de l'Abbé-Cédère
Tours
10
Thierry Chemonfisse
35 ans
1,81 m
Facteur
5, rue Henri-Commandé
Blois
11
Les suspects

Premier indice

Le gardien de la salle où a eu lieu le méfait a décrit de façon précise l'un des touristes qui ne peut pas être suspecté. Grâce à sa déposition, découvre quel est cet innocent.

Deuxième indice

Un manuscrit ancien est exposé dans une vitrine non loin de la salle. Les mystérieuses opérations inscrites semblent contenir un indice secret. Trouve le chiffre qui correspond à chacun des trois hiéroglyphes. Additionne ces trois chiffres. Le résultat obtenu est le numéro de la rue où habite un innocent.

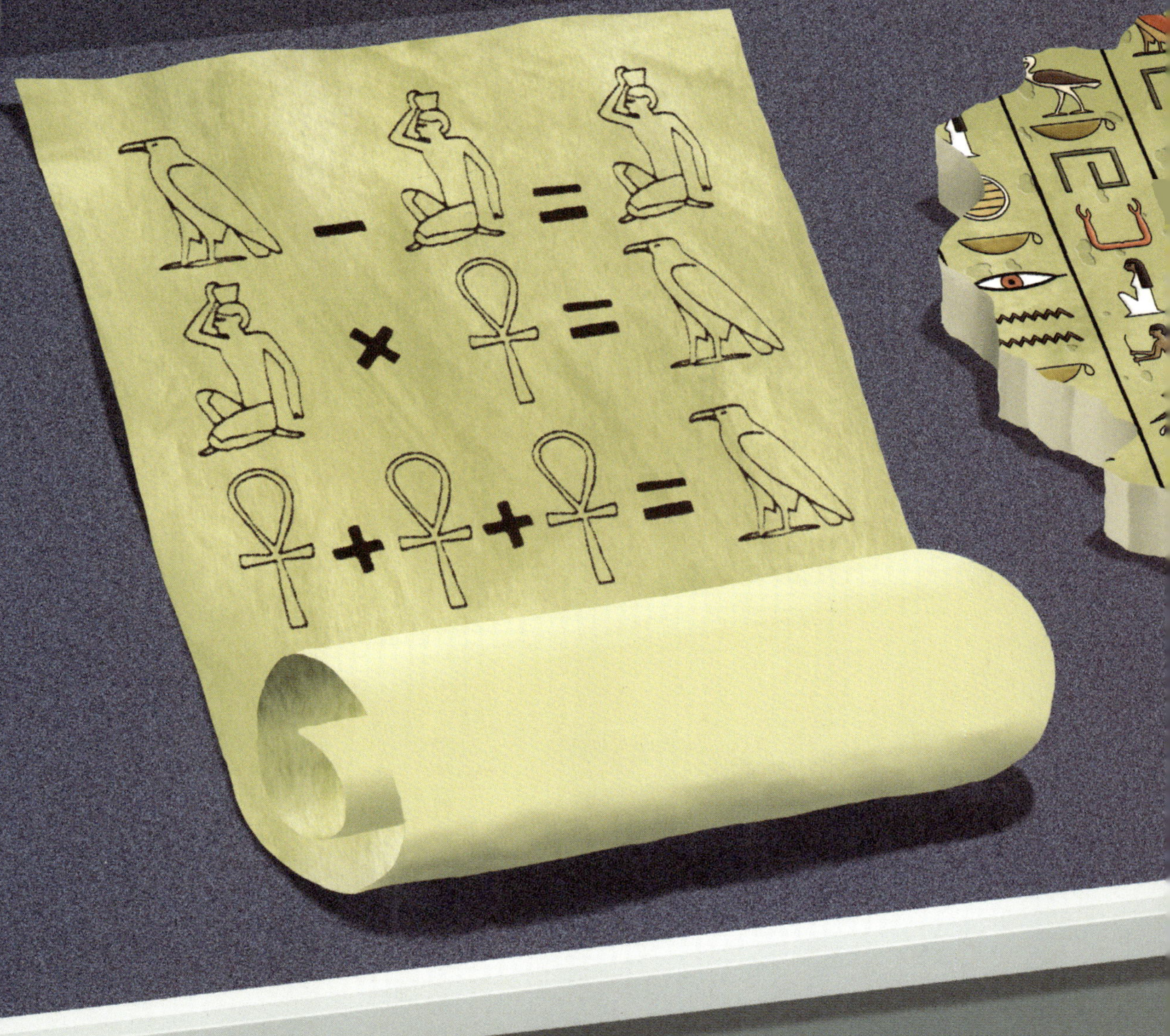

Troisième indice

En vente dans le magasin de souvenirs, ces statuettes semblent à première vue identiques. Certaines sont pourtant des pièces uniques. Repère-les parmi les copies et compte-les. Ce chiffre est contenu dans l'âge d'un nouvel innocent.

Quatrième indice

Voici quelques cartes postales représentant d'importants pharaons. Classe-les dans l'ordre chronologique en commençant par le plus ancien. Note la première lettre de chaque pharaon et compose le nom d'un indice qui te permet d'écarter un suspect.

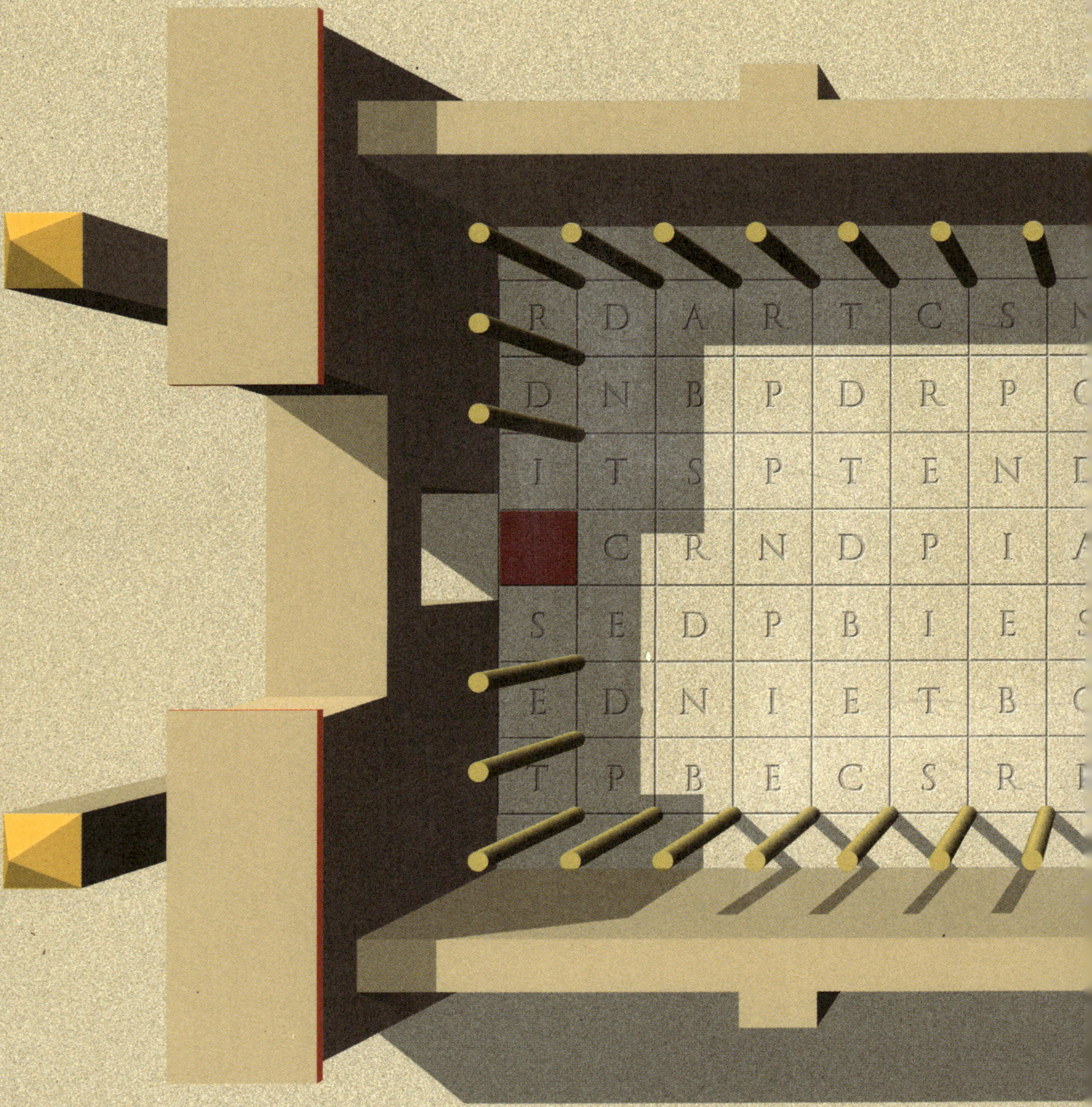

Cinquième indice

Les interrogatoires des suspects ont permis de reconstituer l'itinéraire de leur visite dans le temple de Koudussor. Suis les instructions recueillies et parcours la salle de dalle en dalle en partant de celle qui est rouge. Note la lettre qui se trouve sur la dalle qui clôt le parcours, c'est la même que le début du nom de la ville où habite un innocent.

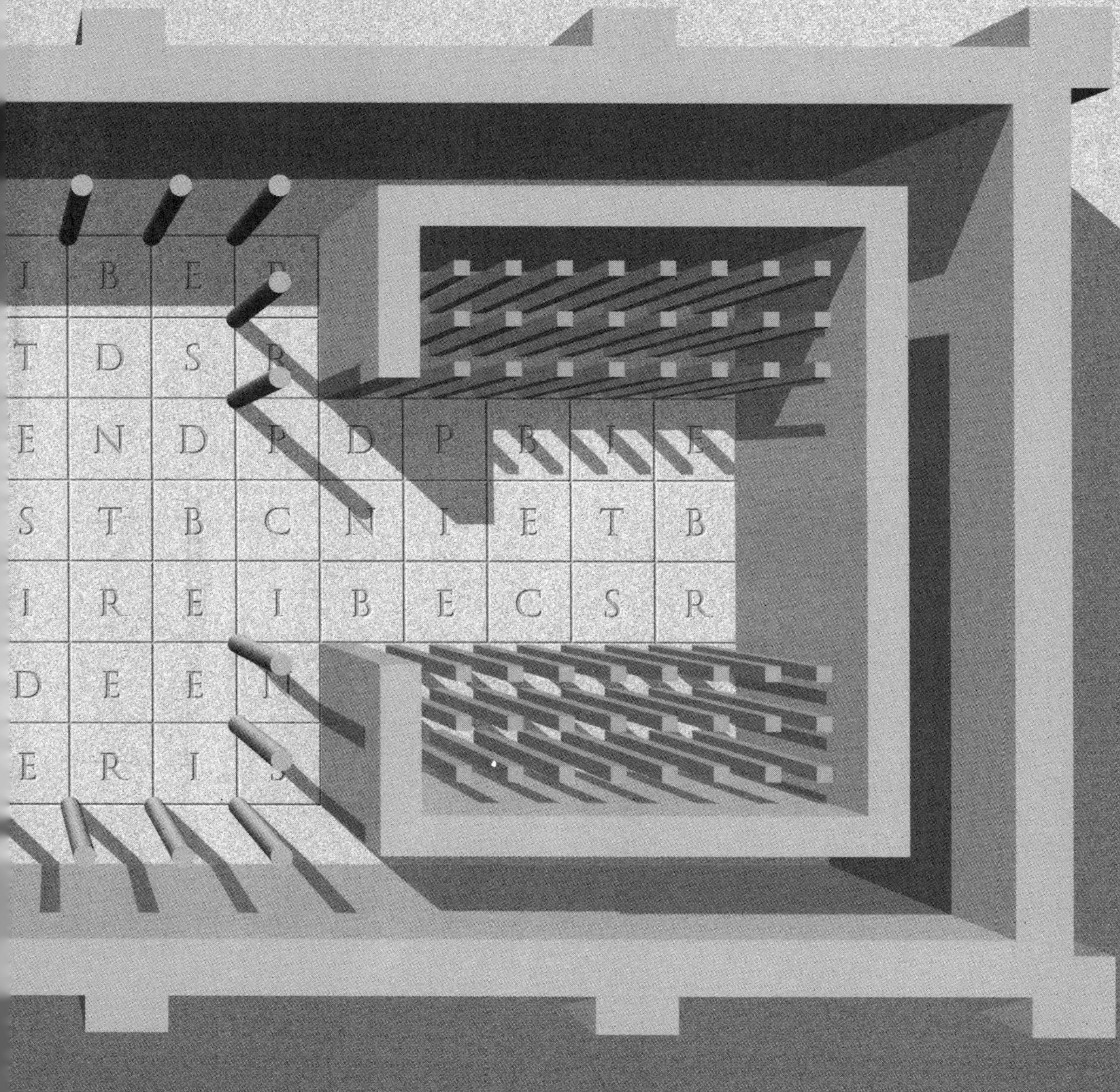

1↑ 4→ 3↓ 3→ 4↑ 3→ 5↓ 7← 1↑ 8→ 5↑
3← 3↓ 4→ 1↑ 3→ 2↓ 5← 2↑ 3← 2↑ 6←

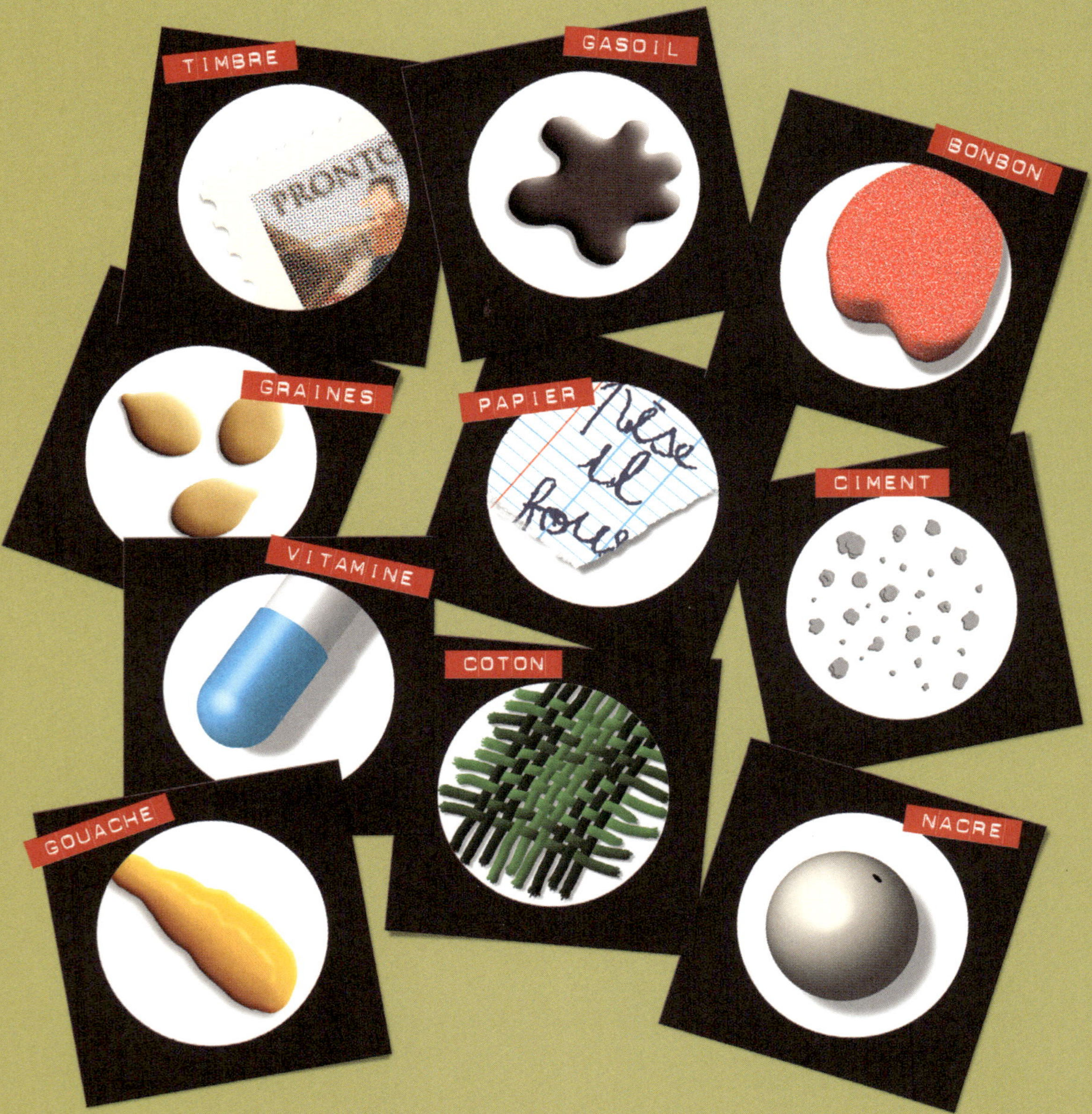

Sixième indice

La scène du crime a été minutieusement passée au peigne fin. En analysant au microscope les particules découvertes, tu peux relier chacune d'entre elles à un suspect. Celui qui n'a laissé aucune trace est forcément innocent.

Septième indice

Ces hiéroglyphes ont été découverts sur un des murs du temple de Koudussor.
Observe-les bien et note :

- Combien de hiéroglyphes différents comptes-tu ?
- Combien de fois le plus répandu d'entre eux est-il dessiné ?
- Combien de hiéroglyphes sont reproduits six fois chacun (exactement) ?

Additionne ces trois chiffres pour obtenir l'âge d'un suspect. Tu peux l'innocenter.

Huitième indice

Ces pièces à conviction ont été disséminées sur le sol. Chaque rangée de tickets de la même couleur obéit à une suite logique. Dans chaque rangée, retrouve le numéro manquant. Additionne ces trois nombres pour obtenir en centimètres la taille d'un nouvel innocent.

Neuvième indice

Avant de quitter les lieux, le malfrat a saccagé une magnifique fresque. Décrypte ce mystérieux rébus et découvre le message qui va te permettre d'identifier un innocent.

Dixième indice

Voici les comptes rendus des interrogatoires des suspects. Certains ne semblent pas dire toute la vérité. Analyse les déclarations ci-contre dans l'ordre et détermine le vrai du faux. Pars de la porte du bus.

- Si un suspect dit toute la vérité, déplace-toi de 3 passagers à gauche de ta position.
- Si un suspect ne dit que des mensonges, déplace-toi de 3 passagers à droite.
- Si un suspect dit la vérité puis un mensonge, déplace-toi de 2 passagers à gauche.
- Si un suspect dit un mensonge puis la vérité, déplace-toi de 2 passagers à droite.

Le passager que tu découvres alors est le dernier innocent.

Hillary Varien : *«Je suis innocente et j'habite au nord de la Loire.»*
Dick Sionaire : *«Je suis le plus grand des touristes et je déteste les armes.»*
Helmut Tardelpik : *«J'ai de grands cheveux bouclés et une vue parfaite.»*
Thierry Chemonfisse : *«Je distribue le courrier et je suis plus vieux que Hans Hansunik.»*
Guy Chéfermé : *«J'habite dans la région de la moutarde et j'aime les plantes.»*
Mathieu Kilféchot : *«Je n'aime pas le pain et je suis plus grand que Otto Raipadus.»*
Sarah Fréchit : *«Je n'ai pas encore 50 ans et je ne suis pas la plus grande des femmes.»*
Otto Raipadus : *«Je n'ai pas de barbe et je ne travaille pas dans un bureau.»*

IDENTIFICATION

Bravo !
Tous les indices récoltés t'ont permis d'innocenter un à un les suspects. Tu peux maintenant démasquer le coupable du saccage de la fresque.

Hillary Varien

Otto Raipadus

Mathieu Kilféchot

Dick Sionaire

Perrine Delièvre

Si un indice te résiste et si tu brûles de connaître les **solutions**, retourne le livre et place-toi face à un miroir.

Premier indice : Otto Raipadus. • **Deuxième indice** : Mathieu Kilféchot (6, 3 et 2). • **Troisième indice** : Helmut Tardelpik (6). • **Quatrième indice** : Hans Hansunik (pinceau). • **Cinquième indice** : Guy Chéfermé. • **Sixième indice** : Jean-Loup Pepahune. • **Septième indice** : Hillary Varien (17 + 8 + 5 = 30). • **Huitième indice** : Dick Sionaire (30 + 52 + 100 = 182). • **Neuvième indice** : Perrine Delièvre (j'œufs v'houx han v ré m'haie faux t'eau dé Pi rat mi deux : je vous enverrai mes photos des pyramides). • **Dixième indice** : Thierry Chemonfisse.

Le coupable est donc...

INTO

IL A FAILLI NE PLUS FOUILLER !

Après plusieurs jours d'angoissantes recherches, le célèbre professeur Jean Pollion a été retrouvé sain et sauf enfermé dans le sarcophage du pharaon Ilhassessoqet. L'archéologue avait découvert la chambre secrète où reposait le sarcophage quelques jours plus tôt et il ne s'attendait certainement pas à être pris lui-même au piège de la pyramide. Les premiers indices recueillis ont dirigé l'enquête vers les membres de l'équipe du professeur. Bien que respecté pour son immense savoir, le vieux garçon agaçait régulièrement son entourage avec ses nombreuses manies. Dernièrement, il avait reçu un message de menace extrêmement clair : «Si vous continuez à fouiller, vous ne ferez pas de vieux os!» Grâce aux nombreux indices, nul doute que le coupable sera rapidement enfermé à son tour.

Une voitu
cute ses to

Alors qu'il était
toilettes, une vo
contrôle est ve
le mur de sa sall
La voiture étai
dizaine de mètre
tout en haut de
ont soudaineme
ture a dévalé la
avant de finir sa
les toilettes de
La voiture app
preneur, m
Tonchar qui
chantier à qu
mètres de là.

Les ex
tres a
un au

Après qu
pée par
rites d
novemb
tant de
dit la ci
extrate
Judas
inquiet
son se
privile
d'apr
envoy
d'aille
"Je s
extr
que
ne
cet
se
qu
m
f
c

Il appelle la police pour qu'on le réveille

Un Américain de 51 ans a composé le 911 pour réclamer qu'on le réveille le lendemain matin afin qu'il soit à l'heure au tribunal auquel il était convié.

L'appel, effectué à 3h30 du matin, a eu de quoi surprendre les autorités, ... bien évidemment décliné la ... Ils lui ont

Un chandail en poils d'animaux

Un Britannique a utilisé d'une façon surprenante les poils perdus par ses deux chiens : il en a fait des pulls !

Voilà une idée de recyclage pour le moins originale : faire des poils perdus de son animal de compagnie un vêtement chaud pour l'hiver. Ainsi, Jeff Aifor se dit ravi de ses nouveaux accessoires : «Les vêtements sont extrêmement chauds, et quasiment imperméables. Il faut éviter de les rapprocher, mais c'est parfait.» C'est certainement une mode qui donne du chien...

Photo de reconstitution

Vincent Time
22 ans
1,73 m
124, rue Pierre-Derozette
Bourges
1
David Vincent Lézavu
51 ans
1,74 m
135, rue du Phare-Haon
Paris
2
Yves Vatrovite
31 ans
1,80 m
128, rue René-Fertiti
Rodez
3
Nestor Vénissien
44 ans
1,71 m
112, avenue Méris
Albi
4
Matt Lameuf
28 ans
1,74 m
203, rue de la Clé-aux-Pâtres
Manosque
5
Albert Gamotte
67 ans
1,82 m
111, rue du Tsar-Kofage
Lyon
6

Jeanne Halise
36 ans
1,65 m
173, rue Papy-Ramide
Dieppe
7
Yvan Dalise
29 ans
1,73 m
136, rue Marilou-Xor
Vichy
8
Bill Boil
43 ans
1,69 m
140, rue Momo-Ziris
Tarbes
9
Jo Bijoba
46 ans
1,75 m
248, rue Patou-Tankamon
Nîmes
10
Éléonor Marolex
39 ans
1,80 m
161, rue Mickey-Rinos
Grenoble
11
Les suspects

Premier indice

Le professeur Jean Pollion est encore sous le choc et il a du mal à s'exprimer distinctement. Élimine tous les « gaga » de sa déposition. Tu peux alors recueillir son témoignage et trouver l'indice qui va disculper un suspect.

Deuxième indice

Le professeur a fait une découverte capitale pour pénétrer dans le tombeau du pharaon Ilhassessoqet : la seule pierre qui est en contact avec huit autres permet de déclencher un mécanisme d'ouverture. Pars du sol et note le numéro de la rangée dans laquelle tu as trouvé cette pierre. C'est le numéro d'un nouvel innocent.

Troisième indice

De nombreuses amulettes ont été mises au jour par les archéologues lors de leurs fouilles. Trouve les pièces uniques et note leurs numéros. Tu peux alors composer le numéro de la rue où habite un innocent.

Quatrième indice

Voici le carnet sur lequel le professeur Jean Pollion a dessiné le labyrinthe qui protège la salle du trésor. En partant de cette salle, suis les indications qui te mènent à la porte de sortie et te permettent ainsi d'échapper à ce piège. Le nom de la ville où habite un innocent commence par la lettre qui désigne cette porte.

Cinquième indice

Voici les comptes rendus des interrogatoires des suspects. Certains ne semblent pas dire toute la vérité. Analyse les déclarations ci-contre dans l'ordre et détermine le vrai du faux. Pars du personnage qui lève les bras.

- Si un suspect dit toute la vérité, passe au personnage à gauche de ta position.
- Si un suspect ne dit que des mensonges, passe au personnage à droite.
- Si un suspect dit la vérité puis un mensonge, passe au personnage au-dessus.
- Si un suspect dit un mensonge puis la vérité, passe au personnage au-dessous.

Tu arrives à un personnage dont l'attitude est identique à celle d'un innocent sur la photo de reconstitution.

Vincent Time : *« Je ne suis pas le plus jeune et j'habite à la montagne. »*
Nestor Vénissien : *« Je suis plus vieux que Bill Boil et j'ai une excellente vue. »*
Albert Gamotte : *« Je suis imberbe et j'habite un village. »*
Jeanne Halise : *« Je suis la plus grande des femmes et j'habite près de chez Matt Lameuf. »*
Jo Bijoba : *« J'ai de la barbe et je suis innocent. »*
Yves Vatrovite : *« Je suis le plus grand et j'ai les cheveux longs. »*
Yvan Dalise : *« Je n'habite pas au bord de la mer et je suis plus jeune que Vincent Time. »*
Éléonor Marolex : *« Je suis grande et j'habite au pied des montagnes. »*
Matt Lameuf : *« Je n'ai pas une bonne vue et je n'ai pas de moustaches. »*
David Vincent Lézavu : *« Je ne suis pas chauve et j'habite la plus grande ville de France. »*

Sixième indice

Durant leurs fouilles, les archéologues ont découvert des objets en plusieurs morceaux. Observe bien ces différents morceaux et trouve ceux qui ne peuvent s'assembler avec aucun autre. Compte-les : ce chiffre correspond au numéro d'un nouvel innocent.

Septième indice

Cette pierre gravée trouvée lors des fouilles comporte un mystérieux message. Aide-toi du code secret inscrit sur le carnet pour découvrir le précieux indice qui te permet d'innocenter un suspect.

Huitième indice

Voici la salle mortuaire de la pyramide. La bandelette qui recouvrait la momie d'Ilhassessoqet a été retirée et marquée d'une croix rouge. Retrouve parmi les autres bandelettes celle qui est identique à cette pièce à conviction. Elle porte le même numéro qu'un innocent.

Neuvième indice

De nombreux sarcophages sans couvercle ont été trouvés dans la pyramide. Un seul d'entre eux correspond au couvercle doré. Le chiffre qui lui est rattaché est contenu dans le numéro de la rue où habite un innocent.

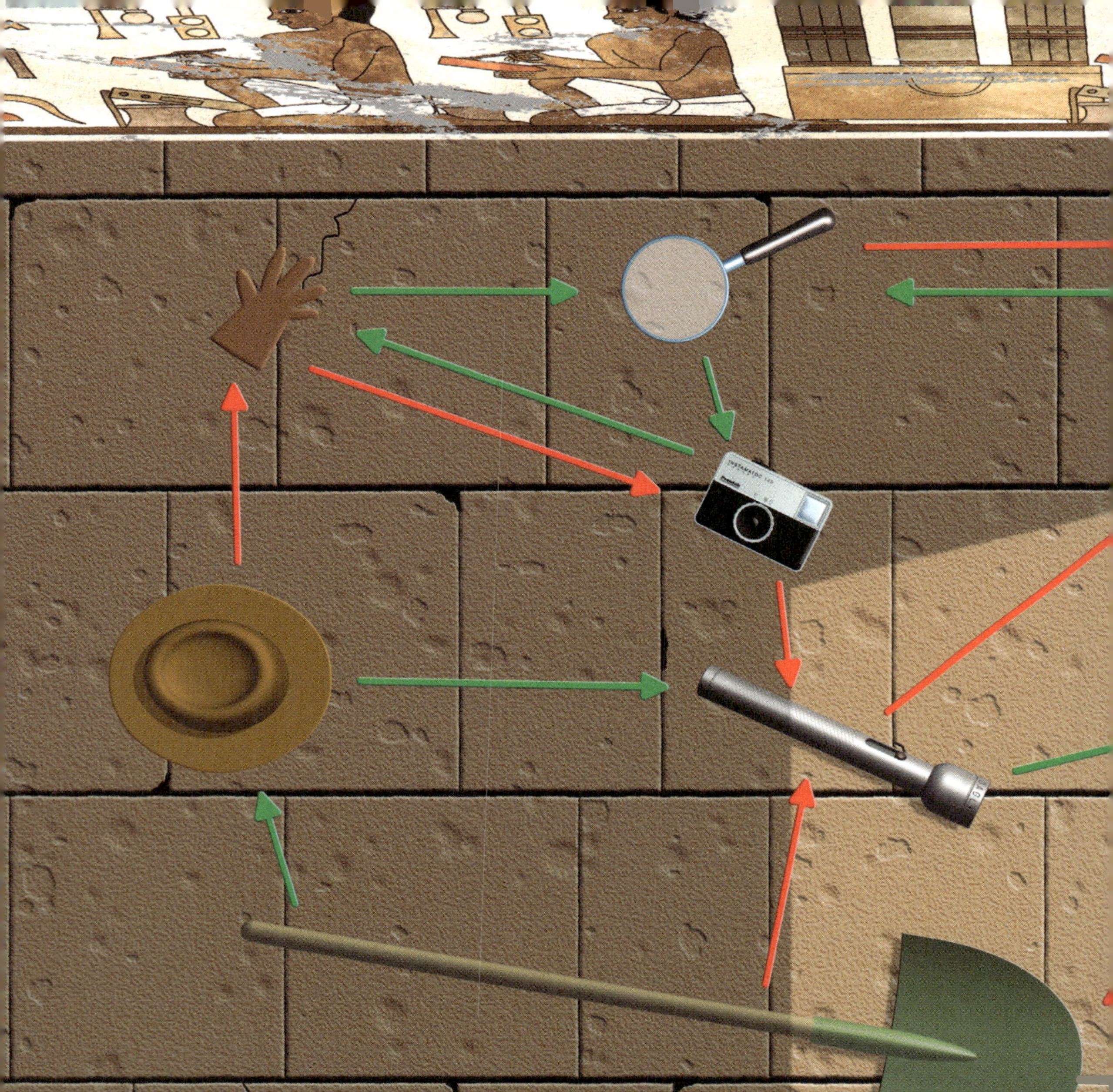

Dixième indice

Voici les outils et accessoires retrouvés dans les couloirs de la pyramide. Lis attentivement et dans l'ordre les comptes rendus des interrogatoires des suspects. Place-toi sur le seau. Si la déclaration du suspect est vraie, suis la flèche verte pour aller à l'objet suivant. Si la déclaration est fausse, suis alors la flèche rouge. L'accessoire que tu découvres appartient à un innocent.

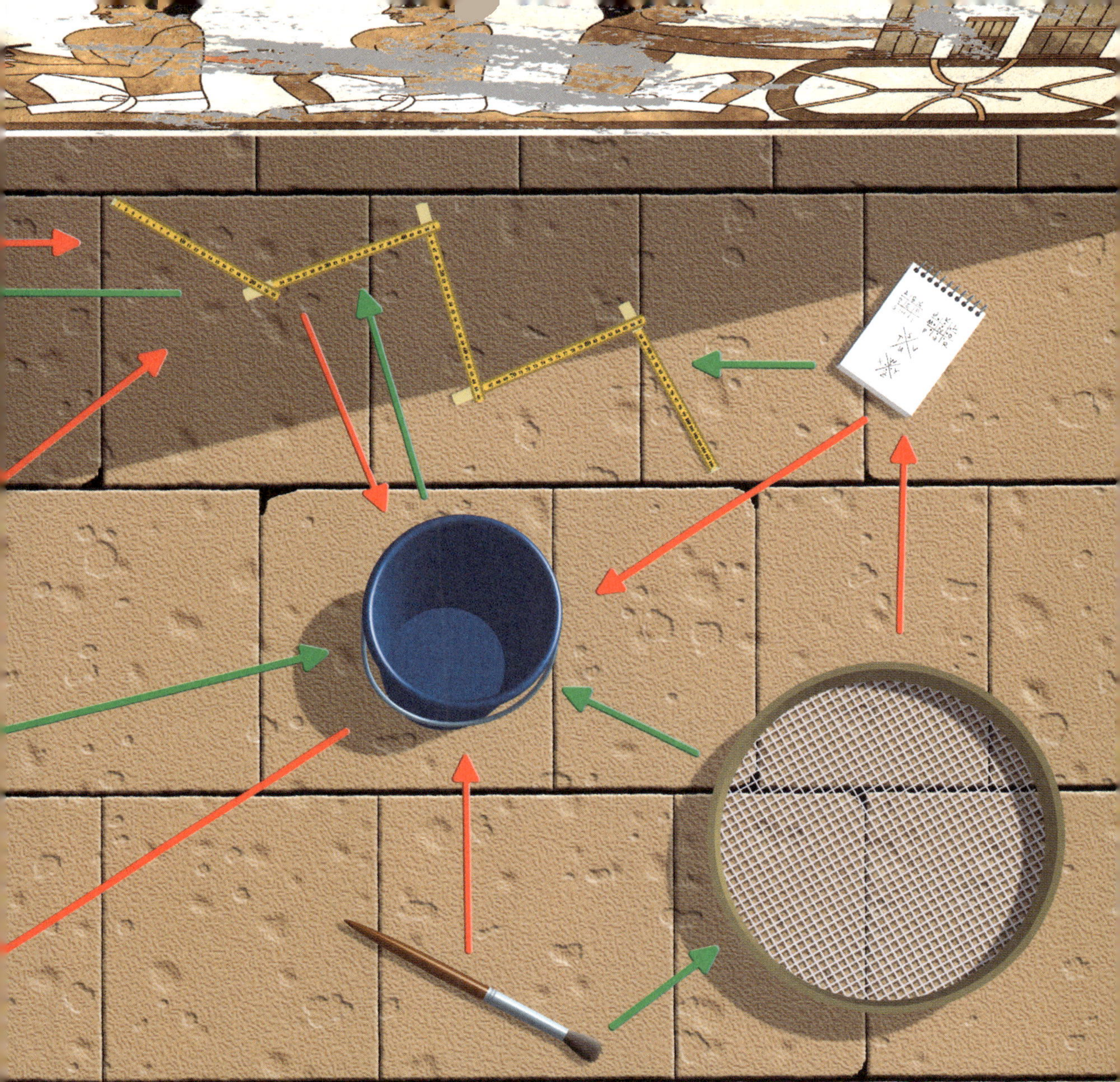

Vincent Time : *« Je suis brun. »*
Nestor Vénissien : *« J'habite dans le sud de la France. »*
Albert Gamotte : *« J'ai perdu quelques cheveux. »*
Jeanne Halise : *« J'habite à la frontière allemande. »*
Jo Bijoba : *« Je suis le plus grand. »*
Yves Vatrovite : *« Je n'ai pas de barbe. »*
Yvan Dalise : *« Je n'habite pas en Bretagne. »*
Éléonor Marolex : *« Je suis innocente. »*
Matt Lameuf : *« J'habite dans le sud de la France. »*
David Vincent Lézavu : *« Je suis plus petit que Matt Lameuf. »*

IDENTIFICATION

Bravo !
Tous les indices récoltés t'ont permis d'innocenter un à un les suspects. Tu peux maintenant démasquer le coupable du rapt de Jean Pollion.

Si un indice te résiste et si tu brûles de connaître les **solutions**, retourne le livre et place-toi face à un miroir.

Albert Gamotte | **Jeanne Halise** | **Yvan Dalise** | **Bill Boil** | **Jo Bijoba** | **Éléonor Marolex**

Premier indice : Éléonor Marolex (« Je suis certain que sur le sarcophage il y a les empreintes digitales du coupable ! »). • **Deuxième indice** : Matt Lameuf. • **Troisième indice** : Jo Bijoba (2, 4, 8 : 248). • **Quatrième indice** : Vincent Time. • **Cinquième indice** : Albert Gamotte. • **Sixième indice** : Nestor Vénissien. • **Septième indice** : Jeanne Halise (Celui qui habite au bord de la mer ne peut pas faire de mal). • **Huitième indice** : Yvan Dalise. • **Neuvième indice** : David Vincent Lézavu (n° 5). • **Dixième indice** : Bill Boil (appareil photo).

Le coupable est donc...

COUPEZ !

Un mystérieux sabotage a eu lieu pendant le tournage du film *Les Guitares du Pharaon* : la pellicule sur laquelle figuraient plusieurs scènes très importantes a été retrouvée découpée en morceaux. Qui avait intérêt à saboter ainsi cette super production? Les enquêteurs suivent déjà plusieurs pistes : celle d'un comédien au texte trop dur à retenir ; celle d'un membre de l'équipe technique s'estimant mal rémunéré ; ou encore celle du producteur qui aurait cherché à récupérer l'argent de l'assurance. Les indices récoltés devraient permettre de démasquer rapidement le coupable de ce coûteux sabotage.

Un cambrioleur en fuite demande à des policiers de lui retirer ses menottes

Colin Visible, menotté suite à un cambriolage, a réussi à s'échapper mais s'est rendu dans un commissariat pour qu'on lui enlève ses menottes.

[illegible] complices [illegible] les menottes, racontant qu'il avait été piégé par un ami qui avait voulu lui faire une blague. Les policiers ne se sont pas méfiés au premier abord et ont ri de bon cœur à cette farce avant de faire volte-face et de se demander s'il n'était pas le [illegible]. Ils lui ont

Photo de reconstitution

Jeffrey Tonchien
34 ans
1,65 m
Figurant
12, rue Dupetit-Bouleau
Dijon
1
Marie Onlais
41 ans
1,60 m
Costumière
46, impasse Moilécizot
Le Mans
2
Maude Hissoitil
27 ans
1,72 m
Actrice
21, rue Deman-Bienjoué
Amiens
3
James Pétéoli
39 ans
1,80 m
Acteur
39, rue Arsène-Hario
Rouen
4
Simon Strueux
63 ans
1,72 m
Producteur
66, rue du Cheik-Anbois
Paris
5
Elvire Sakulote
31 ans
1,59 m
Maquilleuse
73, rue Ella-Deladantel
Bordeaux
6

Sam Dissoir
49 ans
1,81 m
Éclairagiste
38, rue Al-Hogène
Brest
7
Albert Toussémoyen
40 ans
1,73 m
Réalisateur
52, rue Alice-Toirbelge
Aurillac
8
Terry Bléreur
36 ans
1,69 m
Preneur de son
49, rue Sacha-Ture
Langres
9
Thomas Toketcheupe
44 ans
1,79 m
Caméraman
37, rue Artémise-Aupoint
Blois
10
Yann Hakepourlui
38 ans
1,80 m
Décorateur
51, rue Demanbeau
Nice
11
Les suspects

Premier indice

Cette fresque a été réalisée pour le décor du film.
Retrouve un des hiéroglyphes d'après les indications notées par Hamid Hiékar, le policier égyptien chargé de l'enquête :

- il n'est pas au-dessus d'un animal,
- il est au-dessous d'un personnage,
- il n'est pas au-dessus d'un hiéroglyphe ayant une forme ronde,
- il est au-dessus d'un hiéroglyphe ayant une forme rectangulaire,
- ce n'est pas un animal.

Note en partant du bas le numéro de la ligne et en partant de la gauche le numéro de la colonne où il se trouve. Ces 2 chiffres forment le numéro de la rue où habite un innocent.

Sam Dissoir
49 ans
1,81 m
Éclairagiste
38, rue Al-Hogène
Brest
(7)

Albert Toussémoyen
40 ans
1,73 m
Réalisateur
52, rue Alice-Toirbelge
Aurillac
(8)

Terry Bléreur
36 ans
1,69 m
Preneur de son
49, rue Sacha-Ture
Langres
(9)

Yann Hakepourlui
38 ans
1,80 m
Décorateur
51, rue Demanbeau
Nice
(11)

Thomas Toketcheupe
44 ans
1,79 m
Caméraman
37, rue Artémise-Aupoint
Blois
(10)

Les suspects

Premier indice

Cette fresque a été réalisée pour le décor du film.
Retrouve un des hiéroglyphes d'après les indications notées par Hamid Hiékar, le policier égyptien chargé de l'enquête :

- il n'est pas au-dessus d'un animal,
- il est au-dessous d'un personnage,
- il n'est pas au-dessus d'un hiéroglyphe ayant une forme ronde,
- il est au-dessus d'un hiéroglyphe ayant une forme rectangulaire,
- ce n'est pas un animal.

Note en partant du bas le numéro de la ligne et en partant de la gauche le numéro de la colonne où il se trouve. Ces 2 chiffres forment le numéro de la rue où habite un innocent.

Deuxième indice

Voici les bobines abandonnées par le saboteur dans une des salles de la pyramide.
Observe bien chaque pellicule et retrouve celles qui ont été sectionnées.
Leurs bobines ont une étiquette de la même couleur que les vêtements d'un innocent.

Troisième indice

La chambre du pharaon a été reconstituée pour le film. En reproduisant symétriquement les fresques sur le mur, le décorateur a commis plusieurs erreurs. Retrouve-les. Leur nombre correspond au numéro d'un nouvel innocent.

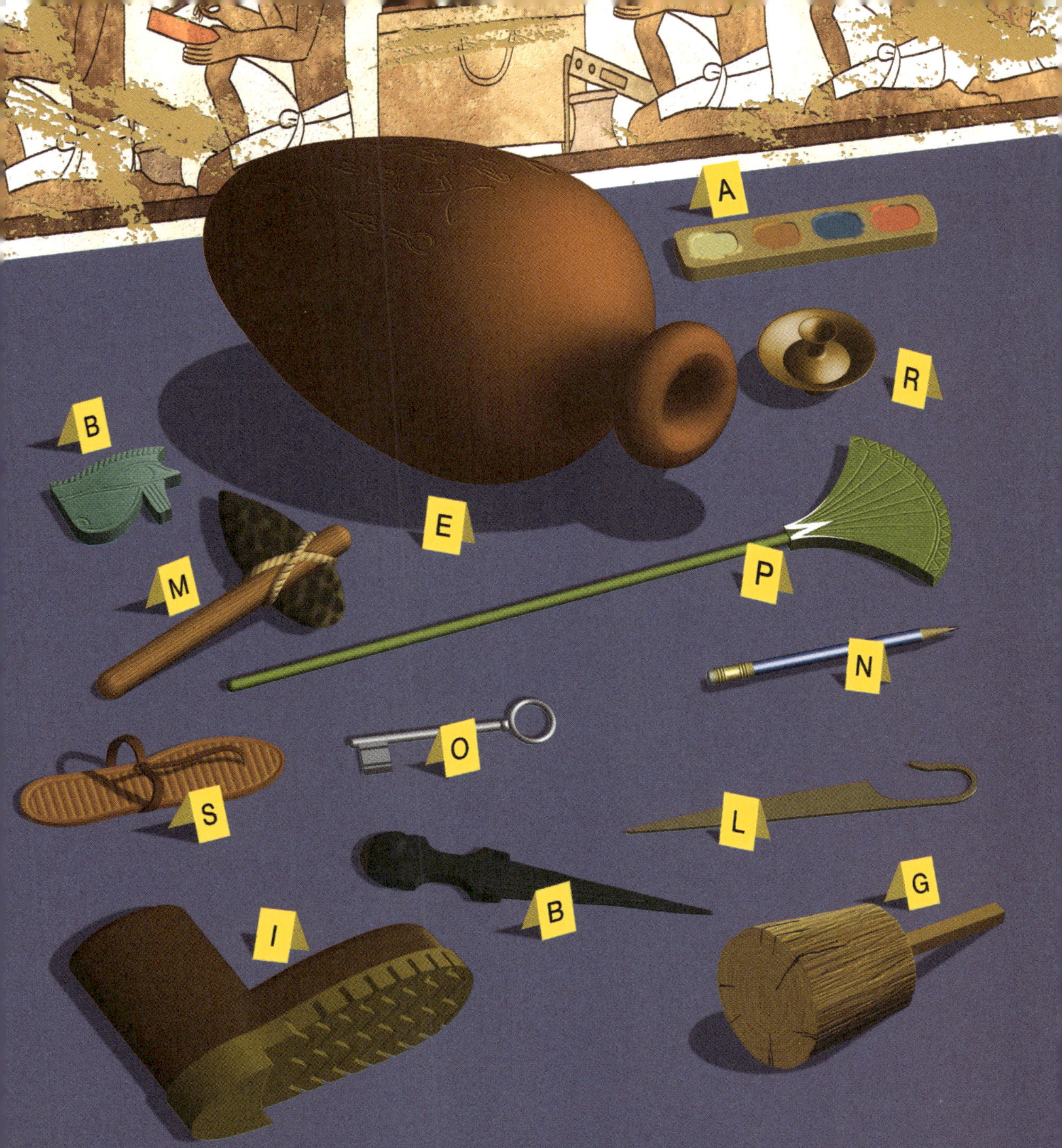

Quatrième indice

Voici les accessoires que les acteurs ont utilisés pendant le tournage. Certains sont des objets d'aujourd'hui et n'existaient pas à l'époque de l'Égypte antique. Trouve ces objets et note les lettres qui leur sont rattachées. Ces lettres sont contenues dans le nom de la ville où habite un innocent.

Cinquième indice

Voici les comptes rendus des interrogatoires des suspects. Certains ne semblent pas dire toute la vérité. Analyse les déclarations ci-contre dans l'ordre et détermine le vrai du faux. Pars de la porte d'entrée.

- Si un suspect dit toute la vérité, déplace-toi d'une fenêtre sur la gauche de ta position.
- Si un suspect ne dit que des mensonges, déplace-toi d'une fenêtre sur la droite.
- Si un suspect dit la vérité puis un mensonge, monte à l'étage au-dessus.
- Si un suspect dit un mensonge puis la vérité, descends à l'étage au-dessous.

Tu arrives alors à la fenêtre où se trouve un innocent.

Marie Onlais : *« Je ne suis pas la plus petite et j'aime coudre. »*
Thomas Toketcheupe : *« J'habite loin de la mer et je suis plus âgé que Jeffrey Tonchien. »*
Jeffrey Tonchien : *« J'habite la capitale de la moutarde et je suis imberbe. »*
Sam Dissoir : *« Je suis petit et je suis le plus jeune. »*
Simon Strueux : *« J'ai de la barbe et j'ai une très bonne vue. »*
Yann Hakepourlui : *« J'habite loin de la mer et j'ai les cheveux longs. »*
Elvire Sakulote : *« Je déteste le maquillage et je suis innocente. »*
Albert Toussémoyen : *« Je suis plus jeune que James Pétéoli et j'habite au nord de la Loire. »*

Sixième indice

Ces images découpées dans la pellicule ont été retrouvées éparpillées dans les salles de la pyramide. Elles semblent toutes faire partie du même plan qui commence par l'image marquée d'une croix rouge. Recompose la scène en observant les différentes images. Deux d'entre elles ne peuvent pas faire partie du même plan. Les chiffres qui y sont rattachés se retrouvent dans la taille d'un innocent.

Septième indice

Voici des blocs de pierre artificielle ayant servi à la construction de la pyramide pour le décor du film. Sachant qu'à l'origine ces pierres formaient un cube parfait, détermine combien il manque de blocs. Le nombre que tu obtiens est identique au numéro de la rue où habite un innocent.

Huitième indice

Plusieurs témoins oculaires ont vu le coupable quitter la pyramide en courant. Leurs témoignages sont tellement contradictoires qu'ils ont seulement permis d'établir un portrait-robot… à l'envers ! Un seul suspect n'a aucun point commun avec cette image. Il est innocent.

Neuvième indice

Voici un passage du film qui a été saboté. L'image est très abîmée et les dialogues sont non seulement incomplets mais inversés. Retrouve ce que dit l'acteur et note les lettres manquantes. Tu peux alors composer le nom d'un objet utile à un des suspects et l'innocenter.

Dixième indice

Cette photographie d'un décor a été prise juste avant le sabotage. L'ombre du coupable se trouve alors forcément projetée sur le mur. Un seul suspect manque, tu peux alors l'innocenter.

IDENTIFICATION

Bravo !
Tous les indices récoltés t'ont permis d'innocenter un à un les suspects. Tu peux maintenant démasquer le coupable du sabotage du film.

Si un indice te résiste et si tu brûles de connaître les **solutions**, retourne le livre et place-toi face à un miroir.

Elvire Sakulote | **Sam Dissoir** | **Albert Toussémoyen** | **Terry Bléreur** | **Thomas Toketcheupe** | **Yann Hakepourlui**

Premier indice : Simon Strueux. • **Deuxième indice** : Yann Hakepourhui (vert et orange). • **Troisième indice** : Elvire Sakulote. • **Quatrième indice** : Jeffrey Tonchien (I, O et N). • **Cinquième indice** : Maude Hissoitil. • **Sixième indice** : Albert Toussémoyen (3, 7). • **Septième indice** : Sam Dissoir. • **Huitième indice** : Marie Onlais. • **Neuvième indice** : Terry Bléreur (micro : « Moi le grand Toutankhamon je suis le plus célèbre et le plus puissant de tous les pharaons ! »). • **Dixième indice** : Thomas Toketcheupe.
Le coupable est donc...

Reproduit et achevé d'imprimer en avril 2016 par l'imprimerie Clerc à Saint-Amand-Montrond
pour le compte des éditions ACTES SUD, Le Méjan, Place Nina Berberova 13200 Arles
Dépôt légal 1re édition : juin 2014